내가 피카소 할애비다

내가 피카소 할애비다

1판 1쇄 인쇄 2021. 01. 20.
1판 1쇄 발행 2021. 02. 03.

지은이 최영준

발행인 고세규
편집 봉정하·전용언 디자인 지은혜 마케팅 김용환 홍보 홍지성

발행처 김영사
등록 1979년 5월 17일(제406-2003-036호)
주소 경기도 파주시 문발로 197(문발동) 우편번호 10881
전화 마케팅부 031)955-3100, 편집부 031)955-3200 | 팩스 031)955-3111

값은 뒤표지에 있습니다.
ISBN 978-89-349-9161-8 03810

홈페이지 www.gimmyoung.com   블로그 blog.naver.com/gybook
인스타그램 instagram.com/gimmyoung 이메일 bestbook@gimmyoung.com

좋은 독자가 좋은 책을 만듭니다.
김영사는 독자 여러분의 의견에 항상 귀 기울이고 있습니다.

내가

피카소

할애비다

최영준 수묵화 에세이

김영사

광대화가 최영준

○○○●
첫 번째

스크래치를 만남

오래전부터 그림을 그리고 싶었다.
'무엇을, 어떻게, 그릴까?' 늘 생각했다.
어느 날, 지하주차장 바닥에서 스크래치 자국을 만났다.
우연이 만들어낸 에너지의 충돌 흔적은 밸런스가 완벽했다.
단순하고 독특했다.
스크래치가 작품이 되었다.

○○●●
두 번째

묵개 선생을 만남

내가 그린 그림을 척~ 보고, 불과 5초 만에 붓글씨로
숨을 불어 넣었다. 일주일에 두 번씩 묵개 선생을 만났다.
석 달 후, 300점의 작품을 완성했다.
그의 변화무쌍한 필체가, '신의 한 수'가 되었다.

○●●●
세 번째

김영사를 만남

작품을 싸들고 김영사를 찾아갔다.
백만 부 나갈 작품이라고 뻥을 쳤다.
한 달 후, 김영사와 수묵화 에세이 책을 내기로 계약을 맺었다.
'헐~ 대박!'

●●●●
네 번째

당신과의 만남

지금 이 글을 읽고 있는 '당신과의 만남'이
가장 **찬란한 만남**입니다.

자, 이제 책장을 넘기시라.

아~~~ 기대하시고 고대하시고 빠마하시던

파란만장 광대의 넉살과 해학!

붓을 쥔 광대의 먹물 누아르!

김영사가 선택한 '예측불가 평가불가' 수묵화 에세이!

기대하시라 개봉박두!!!
"내가 피카소 할애비다"

차례

광대,
삶을 변주하다

광대,
사랑에 물들다

광대,
자연을 노래하다

광대,
세상에 오르다

광대,
삶을 변주하다

걱정
마라

세상은 즐거움과 평화, 슬픔과 소란스러움이 있는 곳이다
내 마음에 따라 세상이 즐거운 보금자리가 될 수 있고
슬픔과 괴로움이 가득한 고통의 늪이 될 수 있다
걱정 마라
우리는 둘 중의 하나를 선택할 자유가 있다

군무
—

함께 가는 것이 생존전략이라면

나는 전략을 바꾸겠어

다들 잘 가

휴
—

책임감의 무게가 어깨를 짓누른다
무책임하게 살자
아무것도 책임지지 말자
살아보니 무책임이 더 어렵더라

이
데
아
—

실체와 그림자는 다르다

그림자에 속지 않고

본질을 포착하는 것이 이데아다

이데아를 알면

세상에 속지 않는다

눈가림에 속지 않는다

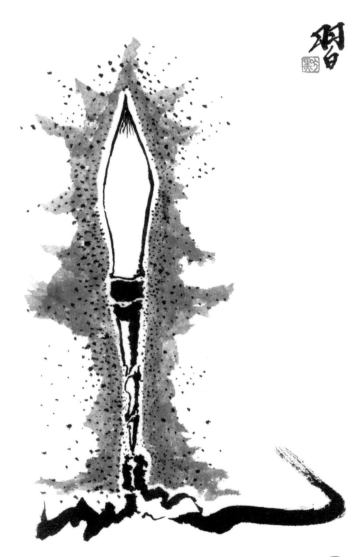

습
—

새로운 것에 도전하여
열정을 바치는 것은
삶에 활력을 주는 가장 좋은 처방이다
나는 날마다 새로 태어난다
나는 날마다 다시 시작한다

돌아가는 길

돌아가는 길
—

하루 일을 마치고 집으로 돌아가는 길
서산 산마루에 걸린 노을이 붉다
삶이 그대를 속일지라도
한숨 쉬지 마라 비틀대지 마라
악으로 깡으로
내일을 향해 쏴라

땀 흘린 후

—

노동의 대가는 달콤하다

땀을 흘린 후 먹는 밥 한 그릇은

산해진미 진수성찬이 부럽지 않다

인간의 가치는

이마에 흐르는 땀방울에 있다

맘흘리후

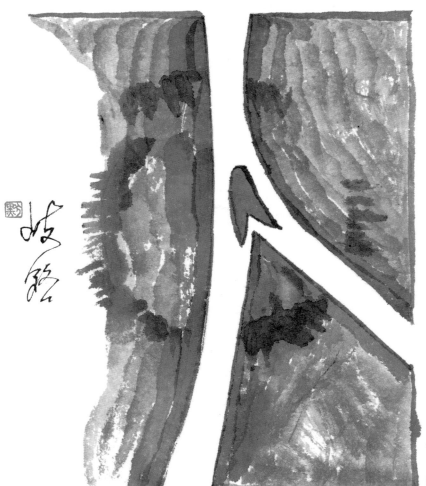

기
로
—

이리 갈까 저리 갈까 망설이게 될 때는
양쪽 다 가보면 된다
양자택일이라면 마음이 원하는 곳으로 가라
결정장애의 극복법은
사소한 결정을 자주하는 것이다

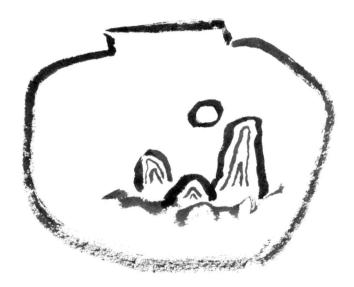

월명성희(조조) —
달이 밝으면
별빛이 흐려진다

천하를 호령하던 조조의 자만심이다
다음날 적벽대전에서 별보다 잘게 박살났다
저 잘났다 까불다간 조조처럼 된다
자신감과 자만심은 다르다

흐
뭇

_

태초에 창조주는 세상 만물과 인간을 만드신 후
'심히 좋았더라' 하며 매우 흐뭇해하셨다
흐뭇한 일을 찾아서 실천하라
흐뭇한 마음의 적선과 공덕은
사람의 품격을 높여준다

아뇩다라삼먁삼보리

아뇩다라삼먁삼보리 | 큰 지혜

큰 지혜는 신의 영역이 아니다
깨달음을 얻는 것은 아주 쉽다
욕심을 버리는 것이다
세상 모든 갈등의 근본은
과도한 욕심이다

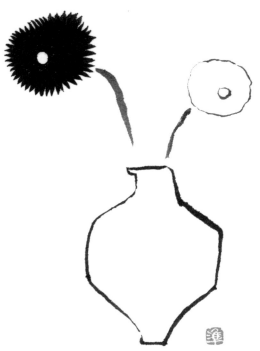

배합 그 시작점에서 ―

서로 다른 우리가 만났으니
이 얼마나 멋진가
다름을 인정하고 다름을 이해하니
흑과 백의 조화가 퍼즐처럼 완벽하다

포
양
|

앤디워홀, 피카소, 미켈란젤로, 레오나르도 다빈치…
천재는 세상을 바꾼다
나는 세상을 못 바꾼다
나 자신을 바꾼다

술이부작 (공자)
──

내가 만든 것은 아무것도 없다
다만 세상에 있는 것을 가져다 썼을 뿐
보는 놈이 임자다

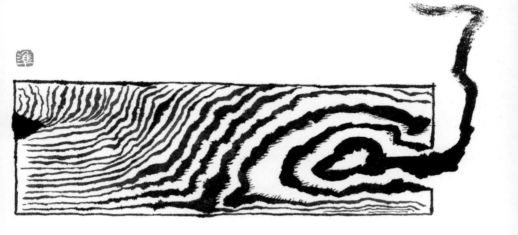

한낮
—

고양이는 인간과 마주하며 살면서도 독립성을 드러낸다
고양이는 인간의 환심을 사기 위해
꼬리치기를 하지 않으며
인간을 위하여 애쓰는 몸짓 배우기를 거부한다
그래도 고양이는 사랑받는다

초상화
비트켄슈타인
——

그는 비트켄슈타인을 안다
나는 모른다
그는 많은 사람을 안다
진짜 발이 넓다
마당발이다

자신감

자
신
감
—

남자는 높은 곳에 오르면 꺼내 든다
멀리 보내려고 애쓴다
사정거리와 자신감은 정비례한다

월경

경계를 넘다

경계를 넘으면 위험하다

경계를 넘으면 큰일 난다

큰일을 저지르고 싶다면

경계를 넘어야 한다

등대

내 허물을 지적하고 꾸짖어주는
어진 사람을 만났거든
그를 따르라
그는 갈 길을 찾아 준
등대 같은 분이니
그를 따르라

등대

DNA

DNA

|

세 가지 씨를 타고나면 천복이다

탁월한 솜씨

부드러운 말씨

너그러운 마음씨

아수라와 루시퍼
—

아수라가 도솔천에서 루시퍼에게 묻는다
"좀 더 빨리 나타나셔야 하지 않나요?"
루시퍼가 답했다
"선뜻 행동하지 않는 것은 이유가 있다
자신이 없거나 무능하기 때문이다"
그 둘은 뒷담화의 달인이다
세 살 버릇 여든까지 간다
뒷담화의 못된 버릇 죽어도 못 고친다

삶의 조건
—

완벽한 삶의 조건을 바라지 마라
불행해진다
남과 비교하지 마라
한없이 작아진다
푼돈을 아껴라
티끌 모아 태산이다
열심히 살면 언젠가는
불행의 문이 닫히고
행운의 문이 열린다

술
꾼
——

첫 번째 술잔은 갈증을 풀어주고
두 번째 술잔은 몸에 좋은 약이 되고
세 번째 술잔은 기분을 좋게 하고
네 번째 술잔은 미치광이로 만든다
세 번째 잔을 비우고 일어나야
진정한 술꾼이다

무중생유

지금은 없지만 곧 생길 것이다
쫄지 마라
눈치 보지 말고
최선을 다하라
하늘이 도와주신다

오시는날까지
이대흥

오시는 날까지 이대로—

찔레꽃 피고지고
세월이 가도
오실 날짜 언제일까
기다릴게요

프로레슬링

그 멋진 프로레슬러가 실은 배우였다니
실망이다
토끼가 떡방아를 찧는다고 생각할 때가 그립다
때로는 모르는 게 약이다

가면 뒤에서 나도 본다

너희를 ─

너희들은 나의 가면을 보지만
나는 너희들의 민낯을 본다
분노와 슬픔은 감추고
나의 가면은 늘 웃는다

후면존재

—

뒤에서 보면 구분할 수 없다

그래서 앞보다 뒤가 편하다

진짜 멋쟁이는 뒷모습이 멋있다

後面存在는
특별한 지를 자세히 않는다.

광대,
사랑에
물들다

수 (수줍을 수) ──

수줍은 사랑
은근한 사랑
로맨틱한 사랑
사랑이면
다 좋다

키스
—

첫 키스의 심장 소리
쿵쾅쿵쾅
사랑에 미치면
숨 내음도 달콤하다

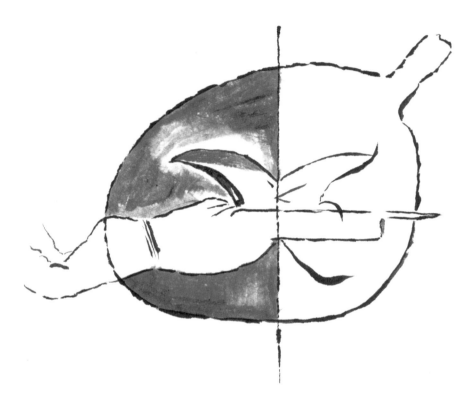

라틴 아메리카
—

아르헨티나 사람들은

사랑에 자유롭다

종교에 자유롭다

방종을 염려하여 구속하지 않는다

절창

아주 뛰어난 명창

남자는 노래한다

애타는 가슴을 눈물로 적신다

세상에서 가장 감동적인 절창

이룰 수 없는

사랑의 세레나데

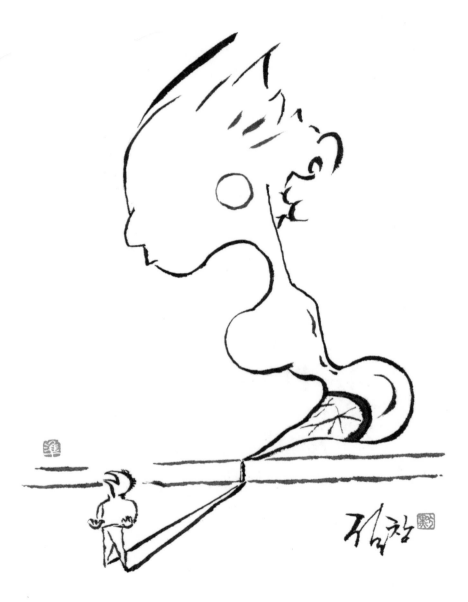

이렇게 부드럽다가
가을날을
어찌 견디랴.

이렇게 부드럽다가
가을날을 어찌 견디랴ㅡ

만남이 있으면 헤어짐이 있고
삶이 있으면 죽음도 있다
이별을 미리 걱정하지 마라
사랑할 때 더욱 뜨겁게 사랑해야 후회가 없다
이별은 그때 가서 생각해도 늦지 않다

누
이
—

걱정 마라 염려 마라 달래주시던
엄마가 없으니
누이가 대신한다
어깨를 털어주는 누이의 손길이
엄마를 닮았다

처음처럼
—

처음으로 돌아갈 순 없다
처음처럼 사랑할 수도 없다
단지 초심으로 돌아가고자
애쓸 뿐

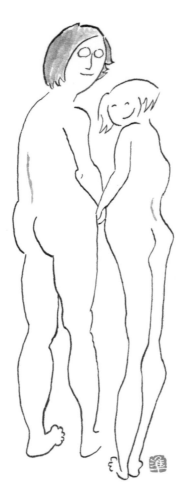

봄
밤
—

바스락 바람 소리
내 님인가
돌아보니
님은 없고
달그림자뿐

누구에게
무슨 소식을 전하려고
봄밤에 달이
이렇게 밝으냐?

있어주어서 고마워 ─

옥신각신 지지고 볶아도
한결같은 사랑
변치 않는 사랑
속 깊은 사랑이 필요하다
사랑에 성실해야 사랑받는다

잊어주어서 고마워.

엾다!

엄마
—

내가 아플 때
엄마가 밥을 떠먹여주셨다
나의 엄살, 어리광을 다 받아주셨다
엄마!
부르기만 해도
눈물이 난다

어미의 살 내음
—

세상에서 제일 아름답다

그립다

어미의 살 내음이 그립다

내
아
들
아
——

차마

부를 수 없는

이름

내 아들아

어미는 발걸음을 떼지 못한다

차마
부를 수 없는
이름,
내 아들아.

너의 시간은 모두
나의 추억을 채웠다

너의 시간은 모두
나의 추억으로 채웠다 —

섭섭함도 미움도 잊은 지 오래

사랑도 그리움도 다 지난 이야기

망각의 지우개로 이름마저 지웠건만

추억 속에 남아 있는 아픔 하나

눈감으면 떠올라 잠을 설친다

당신이 오실 때까지
—

긴 머리카락

하얗게 되도록 기다리지 마라

철 지난 유행가 가사처럼

일편단심 민들레로 살지 마라

떠난 놈은 글렀다

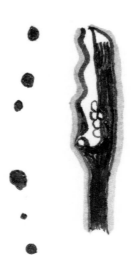

당신이 마실 때까지
머리카락을 자르지
않겠다고 다짐했지만
그렇게 세월이 흘러
긴 머리카락을
하얗게 되도록
두지는 마세요

이것을 신고도
축구를 했다네
―

기차표 고무신은
나이키 운동화를 능가한다
시냇물에서 송사리를 잡아넣으면 수족관이 되고
축구를 하다 벗겨진 고무신은
공보다 멀리 간다

이것은 선으로
죽자를 행마디

가난의 마지막

가난의 마지막

―

아궁이에 걸어놓은 가마솥에서 물이 끓고 있다
동사무소에서 배급받은 밀가루 한 봉지,
엄마는 일곱 식구의 저녁을 위해
수제비를 끓이셨다
철모르는 어린 것이 옆에서
수제비 싫다고, 밥 달라고 찡찡거렸다

그 시절의 가난은 천길 낭떠러지 벼랑 끝이었다

그녀들이 쌓은 탑
—

세상은 그들을 공순이라 부르며 얕봤다
졸린 눈을 비비며
가난을 이겨내며
방직 공장, 가발 공장, 도자기 공장, 봉제 공장에서
천만 불 수출의 탑을 쌓았다

子. 淑. 順. 姬.
그녀들이 살은 터

누가 살기 위해
라면을 먹겠는가?
배고픔처럼
다가오는 그리움을
때울 수 없는 것이 없나?

배고픔처럼
다가오는 그리움 —

라면을 끓였다
TV는 저 혼자 잘났다고 떠든다
라면에 그리움을 말아 먹었다
먹먹하던 가슴이 라면국물에 풀린다
빈속에 그리움이 덮칠 때는 라면을 먹자

나를위해
거름이 되었던
당신, 아버지

아버지 — 나를 위해 거름이 되었던 당신

내가 아비 되어보니 아비 심정 알겠네
한없이 주고픈데 줄 것이 하나 없어
아들아 미안하다 개뿔도 없다
자, 받아라
자수성가 기회를 물려주마

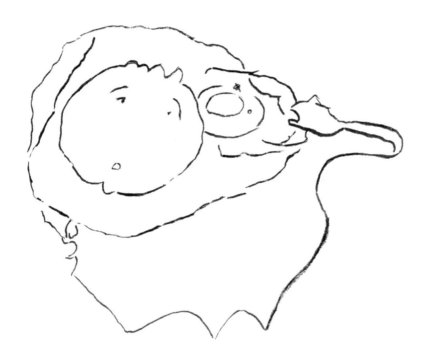

오제바둥이 편했어요

오빠 등이 편했어요—

갓난아기 막내를 등에 업고
"제 동생인데 우리 애기 이쁘쥬?"
동네방네 자랑하던
그 아기가
이제는 같이 늙어간다

할
매

―

할매 손에서 크는 손자는 버릇이 없다
할매가 다 받아주니까
할매 품에서 자란 손자는 일찍 철이 난다
할매와 함께할 시간이 많지 않다는 걸 아니까

이심동체

—

사랑을 하기는 하는 걸까
사랑을 알기는 아는 걸까
우리는 부부가 맞는 걸까
이심동체,
세상 누구도
내 맘 같지 않다

석과

누군가를 위해

가장 좋은 것을 남겨놓는다

망각

삭제 기능이 없다면 컴퓨터의 용량은 넘쳐날 것이다

우리에게 망각은 유용하게 쓰인다

안 좋은 기억은 망각으로 삭제되고

좋았던 기억은 따로 저장되어 추억이 된다

간

모든 생명체 사이에는 간격이 필요하다
간격은 서로의 영역이기도 하다
부부간에 연인 간에 간격이 없으면 어찌 될까
난롯불을 쬐듯 적당한 거리를 유지해야 한다
너무 가까우면 데고 너무 멀면 춥다

千年의
혜어짐도
한순간에
풀릴수있는
따뜻한 포옹
벌룩지않다

따뜻한 포옹

천 년의 헤어짐도
한순간에 풀 수 있는
따뜻한 포옹
멀지 않다
세상일은
다
때가 있다

음치의 노래

—

그는 노래한다

음악을 사랑한다

음치면 어떠랴

언젠가는 세상을 울릴 것이다

그렇게 될 것이다

블
랙
홀
—

사랑이 끝나면 이별이다
이별 후에는 슬픈 노래를 듣지 마라
슬픔의 블랙홀에 빠지면
몸이 상한다

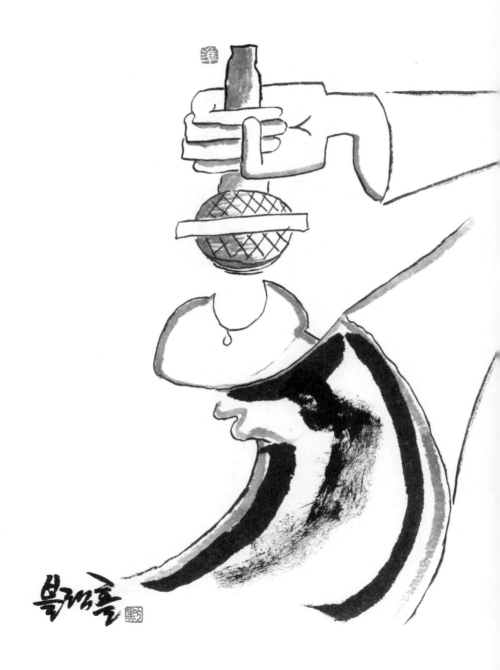

같이 웃을 수 있다.
언젠가는

같이 웃을 수 있다 —

해피엔딩 부탁해요
새드무비 싫어요
인생은 연극
사랑은 멜로드라마

그
라
나
다

스페인의 그라나다는
종교갈등이 없다
인종갈등도 없다
모든 것을 포용한다
그저
함께 웃을 뿐이다

동
반

―

서로 믿고 의지하고 돕고 사랑하며
더불어 함께 가는 것이
인간의 길이다
좋은 사람과 함께하면
먼길도 즐겁다

광대,
잔열을
노래하다

自然而言

자
연
희
언

———

자연은 말이 없다

자연은 그 자체가 완벽한 예술이다

더 이상 무슨 말이 필요할까

사람도 말을 아끼면 멋있다

나
도
한
때
는
—

나도 한때는 잘나갔다
지금은 고스톱 칠 사람도 없다
오늘의 운세가 궁금하여
화투점을 쳤다
홍싸리 멧돼지가 나왔다
횡재수라고 좋아하였다
그대에게 횡재수를 드립니다

나도한마늘

춘
뢰 —

봄꽃은 천둥소리를 들으며
꽃을 피운다

겨울이 혹독할수록 봄꽃 색이 짙어진다
매서운 강추위에 향기도 짙어진다
천둥소리가 들리는가
주저앉아 울지 말고 꽃을 피워라

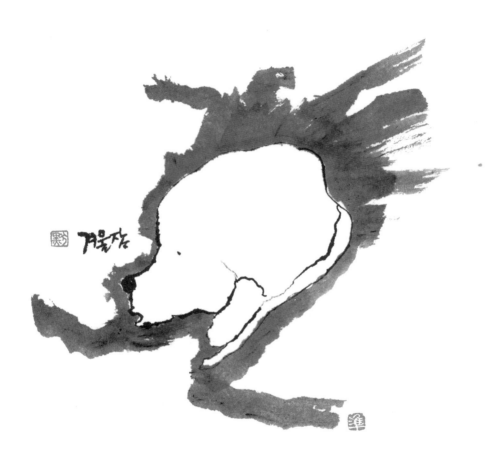

겨울잠
—

혹독한 겨울에 살아남기 위해 만물은 월동준비를 한다

인생도 유효기간이 있다

유효기간이 끝나면 겨울이다

준비하지 않으면

얼어 죽는다

굶어 죽는다

월동준비를 잘하면 겨울잠이 달콤하다

정언계곡저 장수고산령 ―

나지막한 소리는 깊은 골짜기에 들리고
으르렁거리는 소리는 산꼭대기까지 퍼진다
진정한 강자는 소리치지 않는다
소리 없이 움직인다
칼집에 든 칼이 더 무섭다

靜言幽谷底
長嘯高山岑

의시지상상

—

인간은 아래에서 산을 올려다본다
달은 위에서 산을 굽어본다
겨울 산이 달빛에 얼어 있다

백운심처 유인가
—

흰 구름 피어나는 깊은 곳에도
누군가 살고 있다
인적이 없다 하지 마라
찾아내는 안목이 없는 것이다

白雲深處
有人家

깜짝이야!

복두꺼비 옆에 두면
복이 온대요
에구머니 깜짝이야!
만사형통!
운수대통!

깜짝이야!

태극
—

태극은 만물의 근원이다

시작이 끝이요

끝이 시작이다

나목망월 — 헐벗은 나무가 달을 바라보다

오뉴월 무성했던 녹음방초 어디 가고

빈 가지 서글퍼 달빛 아래 홀로 섰네

바람 따라 계절 따라 봄이 오시면

소쩍새 둥지 되어 꽃을 피우리

病梅館

병매관 — 매화분재는 병든 매화를 키우는 것이다

매화도 자식도 분재처럼 키운다

경쟁에 뒤처질까 봐

먹고살기 힘들까 봐

번듯한 직장에 못 들어갈까 봐

험한 세상, 나처럼 고생할까 봐

여산진면목

산을 제대로 알지 못하는 것은
내가 산속에 있기 때문이다
내가 나를 제대로 알지 못하는 것은
내가 내 속에 있기 때문이다
내가 나를 버려야
진짜 내 모습이 보인다

큰
놈
이 나
타
났
다
—

재빨리 큰 놈 옆에 붙어야 한다

큰 놈을 방패막이로 삼는다

조금만 비겁하면 폭풍우도 피할 수 있다

큰놈이
나타났다

다
행
이
야

함께하려면 예의가 필요하다
예의를 지키면 탈이 없다
무례함은 가시가 되어 상대방을 찌른다
예의는 사람 간의 안전거리다
예의 바른 사람을 만나면 천만다행이다

바
다
를
만
나
다
—

바다를 만난 이후로 강은 물도 아니다
우물 속의 개구리가
세상 밖으로 나오며 공룡이 되었다
사람은 자고로 큰물에서 놀아야 한다

바다를 만나다.

花驥伏櫪
志在千里

노마복역 지재천리

늙은 말이 마구간에 엎드려 있으나
마음은 천 리 밖에 있다
무시하지 마라
산전수전 육박전
역전의 용사들

飛流直下
三千尺

비류직하삼천척

—

허풍도 시가 된다

허풍은 거짓말이 아니다

유쾌한 과장이다

떨어지는 폭포의 높이가 삼천 척이다

비류직하삼천척

연비어약 — 솔개가 나니 물고기도 뛴다

함부로 맞장구치지 마라

함부로 나서지 마라

분위기 파악에 생사가 달려 있다

멋모르고 뛰어오르면 솔개한테 먹힌다

부
지
런

—

지혜로운 사람은 봄부터 겨울을 준비하고
어리석은 사람은 겨울이 닥치면 허둥거린다
지혜로운 사람은 미래를 설계하고
어리석은 사람은 미래가 없는 인생을 산다

부지런 느림

나
한
―

지옥문을 지키는 나한은

정규직일까

계약직일까

조만간 만나면 물어봐야지

살아 있는 돼지의 목욕

—

살아 있는 돼지가 목욕을 한다
욕심 가득한 마음은 씻지 않고 몸만 씻는다
베풀거나 양보하지 않는다
나는 돼지니까
오로지 나는
나 먹을 것만 생각한다
나는
살아 있는 돼지니까

영
원

—

바위 사이를 비집고 나와
온갖 풍상을 견뎌 온 나무는
쉽게 죽지 않는다
그의 생명력은 영원하다

龜壽萬年

그러나 두비 얼음을
조각고
이어진 세월

구수만년 — 만 년을 산다는 장수거북

만 년을 살았어도
가진 것이 없다
지붕이 갈라진 집 한 채뿐

몽
상

꿈 같은 상상은 자유다
꿈일 뿐이다
가끔 어떤 사람은
꿈 같은 상상을 현실로 만든다

목을 매더라도 —

느슨하게 매라

혹시 마음이 바뀔지도 모르니까

목숨을 걸지 마라

찬란한 죽음은 없다

그냥 헛된 죽음일 뿐

남은 자의 슬픔을 생각해라

마음을 매되라도

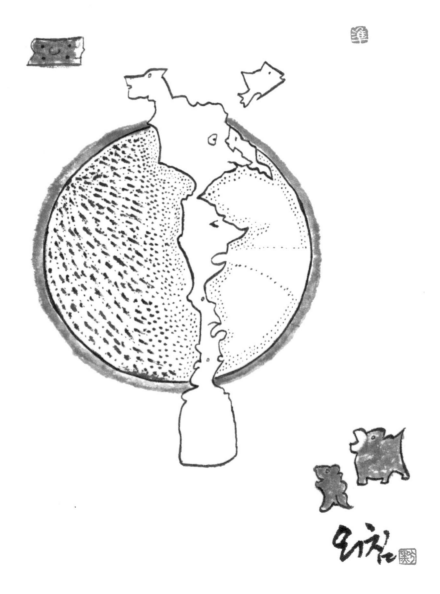

외
침
—

자연의 외침이 들리는가
아름답던 초록별의 신음소리가 들리는가
바이러스의 재앙에 할 말이 있는가
그들은 쓰레기의 재앙에 눈을 감고
자연을 뭉개며 달러를 세고 있다

그들은 자연의 외침에 귀를 막는다

새가 파드다
가득 나무들

새가 고른다
깃들 나무를
—

아무거나 먹지 마라 탈 난다

아무 일이나 닥치는 대로 하지 마라 병 난다

새가 깃들 나무를 고르듯이

내가 할 수 있는 일인지

내가 먹어도 되는 것인지

잘 선택해야 한다

순간의 선택은 운명을 바꾼다

누가 나보다 밤을 즐기랴

―

저는 아침 일찍 출근 못 합니다
야행성입니다
혼자 있기를 좋아 합니다
밤을 즐깁니다
저는 밤을 창조하는
야생 부엉이랍니다

남
김

―

미루나무 꼭대기에 둥지 두 개
당신을 위해 남겨두었어요
춥고 외로울 때
삶에 지쳐 힘들 때
언제든지 찾아와 편히 쉬세요

광대,
세상에
오르다

앙천대소

시름에 겨울수록 사람은 웃어야 한다
웃어야 닫힌 마음이 열리고 막혔던 일이 술술 풀린다
겹겹으로 싸인 어둡고 답답한 벽들이
웃음으로 허물어진다

UFO

U
F
O
—

정체불명의 존재는 반갑다
어쩌다 가끔 나타난다
지하주차장 바닥에서 만났다
내 눈에만 보이는
정체불명의 UFO

파
시
즘
—

권력은 몽둥이와 같다
손에 쥐면 휘두르게 된다
권력의 폭력이 정의로 둔갑하면
약자의 눈물이 땅을 적신다
약자의 분노가 하늘에 닿는다

모
더
니
즘
—

모더니즘 이후로 대가 끊겼다

궁색한 논리를 들고 나왔다

포스트모더니즘

인간의 한계일까

철학의 부재일까

돈벌이에 혈안이 된 탓은 아닐까

Modernism.

물러날 줄도 모르면서 ―

때가 지나도 떨어질 줄 모르고
매달려 있는 잎은 보기 민망하다
때가 되면 미련 없이 질 수 있어야 한다
그래야 빈자리에 새봄의 움이 틀 것이다

봉황
—

봉황이 오동나무에 깃들지 않으면 세상은 어찌하리오?

봉황이 깃들 만한 오동나무가 없어서일까?

마음 둘 곳 없는 봉황이 방황하는 것일까?

세상에 봉황이 없으니

저마다 봉황이라 목청을 높인다

鳳凰이
梧桐에 깃들지
않으면 이 世上은
어찌하리오?

전
이
—

악한 마음이 입을 열면 악한 말이 나오고
선한 마음이 입을 열면 선한 말이 나온다
악한 말은 악한 마음을 전이시키고
선한 말은 선한 마음을 전이시킨다

인자무적이다
악한 말은 참고 선한 말을 해라

깊은 맑은 소리
영원으로 가는 풍경소리

가장 낮은 소리
영원으로 가는 풍경 소리
—

산들바람이 풍경을 어루만진다

풍경이 혼잣말로

들릴 듯 말 듯 속삭인다

가장 낮은 소리로 무명을 깨운다

해
탈

―

어떤 것이 해탈입니까?

누가 너를 묶어놓았느냐

어떤 것이 정토°입니까?

누가 너를 더럽혔느냐

어떤 것이 열반입니까?

누가 너에게 생사를 지우더냐

° 번뇌의 굴레를 벗어나 아주 깨끗한 세상

울림
—

텅 빈 방에는 울림이 있다
사람의 마음에도 울림이 있다
욕심과 속셈이 있으면 울림이 사라진다
예술가의 울림은
텅 빈 방처럼 비움에서 시작된다
울림이 감동이며 핵심이다

더 낫아질 수 있다면
좋겠습니다 —

법당에서 들려오는
나지막한 독경소리
용마루에 앉은 관음조가
독경을 따라한다

더 낮아질수 없다면
훨씬 높아지리

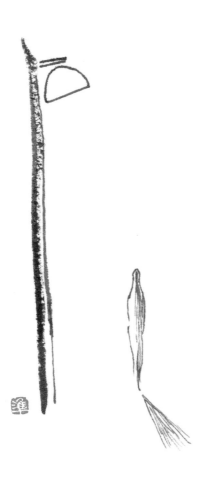

오늘가
가는가

오는가 가는가 —

잠 못 이루는 사람에게 밤은 길고
지친 나그네에게는 지척도 천 리
깨닫지 못한 자에게는
윤회의 밤길이 아득하여라

사랑보다 더 사람같은 소리
어느 쓸쓸한 골목길에서
그 소리를 들었다

사람보다 더

사람 같은 소리

사람보다 더
사람 같은 소리
—

어느 날 골목길에서

그 소리를 들었다

무슨 사연 있길래

우는가 웃는가

색소폰 멜로디에 걸음을 멈춘다

고
독
—

고독은 영혼의 파트너다

명상과 사색으로 고독을 즐기면

영혼이 맑아지고

고독에서 벗어나려 몸부림치면

영혼이 흐려진다

줄기 없이나 굳지를
가르쳐 주는 것은
거대한 고독뿐이다
알베르 카뮈

무자비
無字碑
—

얼마나 할 말이 많았기에
한 글자도 남기지 않았나요?
때로는 가득 채움보다
여백의 미가 아름답다

無字碑
일부러 할 말이
많음에 한글자도
남기지 않았나요?

요
나
—

편한 곳에서 들려주시지

그 고귀한 말씀을

야훼는 다 계획이 있었나 보다

고래 배 속은

믿음과 기적과 깨달음의 장소였다

오시내
야훼의 말씀
들었다.

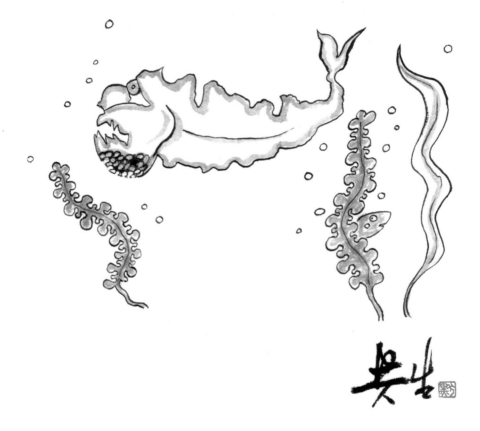

공생
—

당신의 바닥은 나의 천장입니다

층간 간격을 줄입시다

흙수저 올림

보
살

—

보살은 열반에 드는 사람 중에서도 으뜸이므로

'마하살'이라고도 한다

보살은 모든 법을 알고

일체중생을 구하겠다는 큰마음을 낸다

그 마음은 금강석처럼 굳기 때문에

반드시 열반에 들고

열반에 드는 사람 중에서도 으뜸이 된다

청
마

———

청마는 고삐를 끊었다
마음껏 달리고 싶다
그러나 꼬리가 저항한다
쉬고 싶다며 완강히 버틴다
청마는 꼬리에게
무어라 했을까

불확실성

예술은 수학이나 물리학이 아니다
예술의 불확실성은 모호함을 불러일으키며
상상력에 날개를 달아준다
이해를 돕기 위해 덧칠하지 마라
불확실성은 예술의 매력이다

소리 너머의 소리
멈춤의 순간 ―

소리가 들리는가

멈춤의 순간이 느껴지는가

소리가 들리고 멈춤의 순간이 포착된다면

당신도 피카소가 될 수 있다

不均衡
그 애매한 자유

불균형 그 어색한 자유

균형이 잡히면 안전하다

그러나 평범하다

불균형은 위험하다

그러나 예술의 가치는

비범한 위험을 절묘하게 표현하는 것에 있다

극
에
서

극
으
로

—

극에서 극으로 치닫는 것이 예술이다
아무나 쉽게 갈 수 없는 그 끝에 신의 한 수가 있다
천재화가 반 고흐에게 극단적인 우울증이 없었다면
아마도 그의 명작들은 탄생되지 못했을 것이다

독도[Dokdo, 獨島]

소유국: 대한민국

소재지: 경상북도 울릉군 울릉읍 독도리

문화재 지정번호: 천연기념물 제336호

넘보지 마라

독도는 우리 땅이다

천하를 삼킬 어두움 —

노년의 고독은 어둠처럼 찾아온다
아무도 찾지 않는 노년의 고독
어둠이 천하를 삼키기 전에
무엇으로 불을 밝혀 빛나게 할까

어두운 축구를 삶칼

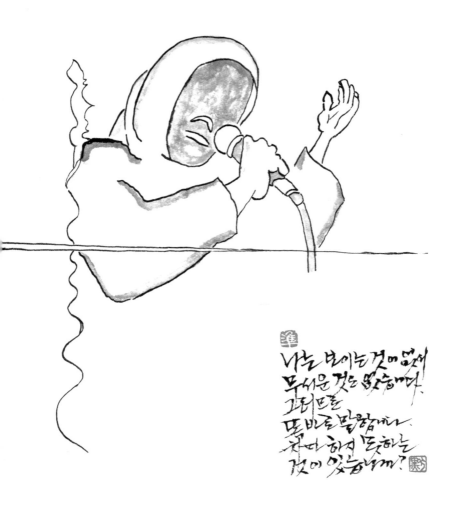

나는 보이는 것에 없어
무서운 것은 없습니다.
그러므로
똑바로 말합니다.
차마 하지 못하는
것이 있습니까?

똑바로 말합니다

나는 보이는 것이 없어
무서운 것도 없습니다
그러므로
똑바로 말합니다
차마 하지 못하는 것이
뭐가 있겠습니까?

서상욱(역사칼럼니스트, 고전연구가)

지난해 광대 최영준이 찾아왔다. 마지막 변사라고 했다. 콧수염을 달고 〈검사와 여선생〉, 〈이수일과 심순애〉와 같은 신파극을 했던가? 그를 본 순간, 근대 대중문화 가운데 인기를 끌던 무성영화의 묘미가 떠올랐다. 그러나 기억이 흐릿했다. 아우처럼 지내는 문화기획가에게 잘 익은 벗이라는 의미로 '숙우熟友'라는 글씨를 써준 적이 있었다. 광대는 그것을 보고 번개처럼 기발한 생각이 스쳤나 보다. 그래서 그는 그림을 그리고, 나는 화제를 쓰게 되었다.

한 번도 붓을 잡아본 적도, 작심하고 그림을 그려본 적도 없던 그는 엄청난 집중력과 천재적인 발상으로 다양한 형상들을 만들었다. 나는 거기에 문자로 제목을 붙였을 뿐이다. 순간에 드는 나의 직관과 그의 통찰이 맞부딪치는 대결이 장면마다 벌어졌다. 멈칫하면 진다. 이 기발한 광대와의 대결은 지면 질수록 즐거운 신기한 진검승부였다. 나는 금방 그의 진지한 태도와 천재적인 발상에 빠져들었다. 마침, 정체를 알 수 없는 바이러스가 잔뜩 오만해진 우리 인류에게 도전했다. 최소와 최약이 최대와 최강을 무력화시키는 패러독스가 현실에서 재현되었다. 많은 활동이 정지된 덕분에 그와 나는 집중할 수 있었다.

세상은 강자만이 독식하지 못한다. 우리는 그 이야기를 하고 싶었다. 누군가 씹다가 버린 껌딱지, 급제동이 남긴 바퀴자국, 시멘트 담장의 갈라진 틈새… 아무도 관심을 보이지 않는, 그리고 누구도 의도하지 않았던 하찮은 흔적들이다. 의미 없는 루저들이, 지워도 아쉬울 것 없는 그들이 그에게는 반드시 되살려야 할 소중한 문양으로 보였다. 강자의 폭력이 남긴 흔적에서, 그에 의해 매번 되살아나는 약자의 끈질긴 생명력에서 미학을 발견하고 감탄했다.

흔적과 현상이 그림으로 나타나고, 그림이 문자로 압축되는 과정에서 엄청난 지적 융합이 일어났다. 그림에서 문자로, 다시 문자에서 그림으로 치환되는 과정에는 전혀 충돌이 없었다. 개념화된 문자끼리의 만남에는 자주 충돌이 발생하고 혼란과 폭력이 난무한다. 그러나 나의 문자와 그의 그림이 만날 때는 묘한 상승현상이 일어났다. 그 기억을 많은 사람들과 공유한다. 약자의 생존법칙은 타자와의 연합이다. 거기에서 삶은 이어진다.

내가 피카소 할아비다

"최영준 BOOK-콘서트" 초대장

세상에 놀러 온 광대화가의 풍경소리, 죽비소리, 허튼소리

당신을 기다리는 광대의 노래

'그리움이 먹물로 번져

그림이 되고

책이 되었습니다'

작가와의 만남
〈최영준 BOOK-콘서트〉

우리의 찬란한 만남이 이어질 수 있도록

마음의 글을 남겨주세요.

광대 최영준: 이메일 주소 jmusic2001@hanmail.net

코로나가 종식되면,

당신을 〈BOOK-콘서트〉에 초대할게요.